# मन की अभिलाषा

(काव्य संग्रह)

डॉ. छेदी लाल केशरी

साहित्य प्रकाशन संस्था
प्रखर गूँज

दिल्ली-110089, (भारत)

**ISBN :** 978-81-941351-0-4

प्रकाशक:

**प्रखर गूँज साहित्य प्रकाशन संस्था**
एच - 3/2, सेक्टर-18,
रोहिणी, दिल्ली-110089
दूरभाष : 7982710571, 7838505899

पहला संस्करण : **2019**



शब्द संयोजन : नीलू सिन्हा

आवरण : दुर्गाप्रसाद

मन की अभिलाषा

Collection of poetries

By Dr. Chhedilal Keshri

Published By

**PRAKHAR GOONJ PRAKASHAN**

Delhi – 110089

E-mail : prakhargoonj@gmail.com, sinha.neelu123@gmail.com
(M) 7982710571, 7838505899

मुझे खुशी है कि डॉ. छेदीलाल केशरी जी ने अपनी पुस्तक प्रकाशन की जिम्मेवारी मुझे सौंपी। बाजारीकरण के इस युग में ऐसे लेखक विरले ही होते हैं, जिनकी लेखनी आपको कल्पना जगत में नहीं, यथार्थ के धरातल पर ला खड़ा करती है और वह भी इस तरह से कि आप पुस्तक पढ़ते समय स्वयं को कथावस्तु में ढूंढने लगते हैं। घटनाओं को कलमबद्ध करने की कला आपको पुस्तक का ही कोई न कोई चरित्र स्वयं में ढूंढने के लिए मजबूर कर देगी। जिंदगी के अनुभव जो आम आदमी की पूंजी होती है, बहुत ही सहज और सटीक रूप से पाठकों के समक्ष प्रस्तुत करने की सफल कोशिश की गयी है। यही गुण होता है कलम के सिपाहियों का।

मेरी शुभकामनाएँ हैं कि डॉ. छेदीलाल केशरी जी अपने लेखन क्षेत्र में सफलताओं के शिखर चढ़ते जाएँ और साथ ही नई पीढ़ी के लिए पथ प्रदर्शक एवं प्रेरणा स्रोत बनें।

नीलू सिन्हा
स्वतंत्र लेखिका
सोल प्रोपरायटर 'प्रखर गूँज प्रकाशन'
सदस्य (ऑल लेडीज लीग एवं फिल्म राइटिंग असोसिएशन)

# शुभकामना संदेश

**'मन की अभिलाषा'** सिर्फ एक काव्य संग्रह ही नहीं है, बल्कि  पापा की भावनायें है । जो शब्दो के रूप में मोती के सामान पिरोये हुए है ।

पापा ने अपनी भाग दौड़ की ज़िन्दगी में हम लोगों को उच्च शिक्षा दिलाते हुए एवं सारी इच्छाओं की पूर्ती करते हुए, अपने लिए कुछ समय बचा के इन कविताओं को लिखा है ।

मुझे यह देख के बहुत खुशी हो रही है कि उनकी यह कविता का एक छोटा सा संग्रह, पापा आप सबके साथ बाँट रहे है । हमने अपने पापा में हमेशा से ही एक कवि बनने का जूनून देखा है । पापा हमेशा ही बोलते हैं, 'मेरी बेटियां ही मेरी गुरुर हैं और वो मेरे नाम को रोशन करेंगी'।

प्यारे पाठकों, पापा के दिल से निकले हुए इन शब्दों को जो **'मन की अभिलाषा'** में सम्मिलित है, आप पढ़ेंगे तो आपको ज़रूर पसंद आएगा । हम चारों बहनों के तरफ़ से आपको बहुत-बहुत शुभकामनाये!

धन्यवाद!

कविता कृति आनंद

प्रियंका आनंद

अमृता आनंद

पूनम केशरी

**'मेरे मन की अभिलाषा**
**कविता बन कर आई**
**जो कह ना सका किसी से**
**काव्य संग्रह कहलाई'**

मनुष्य जिस और जैसे वातावरण में पलता बढ़ता है, उसमें ही उसे रास्ता मिल जाता है। मेरा बचपन स्नेहमयि माँ के प्यार एवं दुलार के आंचल में एवं बाल स्वाभाव के उद्दंडता के चलते पिता के अनुशासन में बीता। मेरे पिता कर्मठ, ईमानदार एवं अनुशासन प्रिय थे। मै स्वच्छंद अपने मन का मालिक जो चाहता था वो ज़रूर करता था। पिता जी को जो अच्छा नहीं लगता था तो वे डाँट देते थे। बारह साल के कच्ची उम्र में डाँट का इतना प्रभाव पड़ा की एक साधारण दर्जे का छात्र एक कविता - 'लोभी दुनिया' लिख डाला।

रूचि बढ़ी तो सरस्वती पूजा के समय उसी साल एक कविता-'माँ है भाग्यविधाता' लिख डाला। फिर क्या था। मेरे कविता लिखने का सिलसिला शुरू हो गया। लेकिन हमने न किसी को सुनाया, न कभी दिखाया। चिकित्सक बनने के बाद ध्यान इधर रहने लगा। एक दिन मेरी बेटी पूनम केशरी ने मेरी कविताओं को देखा, तो उन कविताओं को पुस्तक का रूप देने की बात की। आज आप सब के सामने जिसे मैंने **'मन की अभिलाषा'** के नाम से प्रस्तुत किया। उसने **प्रखर गूँज प्रकाशन** से बात की। तब उन्होंने हाँ कह दिया। मै उनके प्रति आभार प्रकट करता हूँ।

माँ एवं माँ सरस्वती से हमें विशेष लगाव रहा है। अतः मै समझता हूँ कि यह जो **'मन की अभिलाषा'** काव्य संग्रह है, उनके कृपा का ही प्रतिफल है। **'मन की अभिलाषा'** काव्य संग्रह में माँ, पिता, पत्नी, बच्चे, युवा, प्रकृति, राजनीती एवं देश भक्ति जैसे हर पहलु को छूने का कवि ने दिल से प्रयास किया है।

**'मन की अभिलाषा'**को पढ़ कर पाठकगण को कुछ भी संतुष्टि एवं आनंद मिले तो मै अपने आप को धन्य समझूंगा। यदि कविता में कुछ त्रुटि हो तो मै उसके लिए क्षमा प्रार्थी हूँ। पुस्तक में दिए गए ई-मेल आई.डी. पर आपके विचारों एवं सुझावों का स्वागत है।

**'मन की अभिलाषा'** काव्य संग्रह मै अपनी माँ एवं माँ सरस्वती को सःस्नेह समर्पित करता हूँ!

धन्यवाद!

डॉ. छेदीलाल केशरी

# मेरे विचार

**'मन की अभिलाषा'** काव्य संग्रह में मैं. ने अपने जीवन के विभिन्न पहलुओं को समावेशित करने का प्रयास किया है । यह माँ सरस्वती की कृपा के बिना संभव नहीं हो सकता था ।

**'मन की अभिलाषा'** काव्य संग्रह में हर पहलु पर आधारित कवितायें हैं ।

**'मज की अभिलाषा'** काव्य संग्रह में मातृभूमि के प्रति जागरूक होना और देश भक्तों के विषय में लिखने का शुभ अवसर भी मुझे प्राप्त हुआ है ।

यदि पाठकगण को कुछ भी अच्छा लगे तो मैं अपने आप को धन्य समझूंगा ।

धन्यवाद,

डॉ. छेदीलाल केशरी

# समर्पण

कवि
बनना अपने आप में ही
एक बहुत बड़ी उपलब्धि है । इसके
लिए माँ सरस्वती का आशीर्वाद और उनकी कृपा
बहुत जरुरी है। माँ चाहे तो अपने बच्चों को उस ऊँचाई
तक पंहुचा देती है जहाँ कोई कल्पना भी न कर सके । माँ
के याद में लिखा हुआ एक-एक शब्द जब कविता का रूप लेता
है तो वह कर्णप्रिय बन जाता है । उसी माँ जगजननी सरस्वती
को याद कर के मैं कविता लिख पाया हूँ । बस माँ के कृपा का ही
फल है जो **'मन की अभिलाषा'** काव्य संग्रह मैं आप के सामने
प्रस्तुत कर पाया हूँ । **'मन की अभिलाषा'** मैं माँ सरस्वती के
चरणों में समर्पित करता हूँ । उनकी कृपा हम पर सदैव बनी
रहे ऐसे ही मैं कामना करता हूँ ।

डॉ छेदी लाल केशरी

# क्रम तालिका

डॉ. छेदीलाल केशरी

पिता-स्वर्गीय मटरू प्रसाद केशरी

माता-स्वर्गीय पवित्रा देवी

पत्नी-मीना केशरी

व्यवसाय-डॉक्टर

पताः- स्टूवरगंज, मोहनिया

कैमूर, बिहार-821109

मोबाइल नं- 09199911767, 06209678001

व्हॉट्सअप नं -7319924022

# ॥ माँ सरस्वती ॥

# माँ सरस्वती वंदना

सिंधु विहंग तरंग पंख को,
फाड़-फाड़ प्रतिक्षण को है ।।
निमित्त नित सुरभ बांटते,
पग को छू लेने को ।।
देते जीवन पंकज को,
अपने को कृत करने को ।।
उत्सुक हूँ, व्याकुल हूँ,
पग धूलि तेरी पाने को ।।
नतमस्तक हूँ तेरे संमुख,
कृत-कृत हो जाने को ।।
दो सुबुद्धि, विद्वान बनाओ,
साहस दो बालक को ।।

# माँ

# माँ की महिमा

माँ आँखों से बहने दो अविरल जल की धार
है यह धार वारी तुम पर आनंदो की है फुहार,
सीमा नहीं हर्ष के मेरे पाकर तेरा प्यार
हुई कामना मेरी पूरी, हुई है बारम्बार ।
मैं हूँ हर्ष विभोर प्रेम बस हूँ मतवाला
कहूँ करूं क्या अर्चन या खोजू वरीद माला,
लाखों कमलों से बढ़कर जो आभा पग में पाया
कुछ कहने से पहले ही पग में बस शीश नवाया ।
अंधे को दृग महा रंग को विश्व संपदा सारी
जेठ दुपहरी के मरुस्थल में त्रिषित पथिक को वारी,
स्नेह प्राप्ति से जो सुख मिलता है दीपशिखा को
उससे बढ़कर प्राप्त हुआ सुख पाकर तेरे चरणों को ।
शुभ अवसर प्राप्त हुआ है और प्राप्त होगा ही
पाही-पाही माँ चरण भक्ति दो, हूँ आनंद विमोही,
वर दो बस विशाल विश्व विद्वान विनायक होऊँ
चरणों में रत रहकर जनहित में लय हो जाऊं ।

# वंदना

माँ प्यारी मां मुझे अपने गले से लगा ले।
मैं हूं विपत्ति का मारा, तेरे चरणों का है सहारा ।।
ना मैं जानू पूजा की रीत, ना मैं अच्छा गाऊँ गीत ।
है बस भक्ति तुम्हारा, मेरी मां तू ही मेरा सहारा ।।
तू विद्यादायिनी माता, दुनिया की भाग्य विधाता ।
सृष्टि है तेरे बल पर, धुन बांध लिया है स्वर पर ।।
वीणा के धारण वाली, भारत के पालन हारी।
हूँ बुद्धि विहीन माता, दो ज्ञान मुझे मेरी दाता ।।
जीवन की परीक्षा होऊँ पास, बस तेरी हीं है आस ।
फिर विश्वजयी बना दे, मुझे अपने गले लगा ले ।।

# परिवार

# पत्नी की व्यथा

थे पले ऐसे परिवेशो में
जो चाह कर भी ना कर सके मन की
मिला ऐसा ही परिवेश तुम्हें
कर सके नहीं मेरे दिल की
बुजुर्गों की थी साया ऐसी
काली कर गई रंगीपल भी।

डर ऐसा तुम्हें सताया था
दिल को मेरे न भाया था
रंगीनियों को जब भी देखी थी
वैसे ही तुझसे चाही थी
टालते तुझे न देर लगी
दिल मेरा मुरझाया था।

डर है तुझे सब लोगों की
घर बाहर के परिवेशो की
सोचु मैं केवल तेरे लिए
भय खत्म हो जाए लोगों की
बन जाऊं मतवाली तेरी
जन्मो-जन्मो संग रहने की।

# लोभी

# लोभी दुनियाँ

ऐ मानव तू मत भूल कभी
दुनिया वाले कायर लोभी,
है अगर तुम से कोई लाभ नहीं
दुनिया चाहेगी तुझे नहीं।।

तुमको वह भार समझ लेंगे
रहने का शरण न तुमको देंगे,
सुत बंधु भ्रात स्त्री ठुकरायेगी
माता भी तुझे दुःखायेगी।

सब तुझको मिल यह कह देंगे
तू मर भी जा हम सह लेंगे,
यह सुनकर के तू सोच जरा
इस दुनिया में है कौन तेरा।

जब तुम पढ़ लिख करते हो काम
तब आता है मुट्ठी में दाम,
अब बंधु भ्रात देखते चित प्रसन्न
अर्धांगिनी होगी मनभावन।

# लोभी दुनिया

दुनिया वाले करते आदर
सखा सभी रहते नीचे ऊपर,
बनते दुनिया के सखा सभी
दुनिया वाले कायर लोभी।

# ।। ममता ।।

# माँ तू ममता की गृह

माँ वह पुण्य स्मृति है याद,
उसे मैं दोहरा रहा हूँ क्यों आज!
नहीं हुआ चक्षु वारी का अंत,
इस दुख से कापे दिग दिगंत ।।

क्या कहूँ कहाँ से टूटा गिरवर,
किसने छोड़ा तीखा स्वर!
क्यों भेद दिया हृदय गार,
क्यों नहीं समाप्त किया प्रियवर ।।

है प्यार किया तूने मुझको,
मैं कोसूंगा क्यों तुझको!
मेरी कोई गलती हो जो,
क्षमा करो माँ मुझको ।।

माँ मैं तेरा बालक अबोध,
करना नहीं मुझ पर कभी क्रोध!

# माँ तू ममता की गृह

माता तो ममता की गृह है,
वह तो साकार स्नेहमयी है ।।

ममता बिन तेरे बिलख रहे,
दो पोछ आँसू जो छ्लक रहें!
मेरा कोई नहीं सहारा है,
दीखता ना कोई किनारा है ।।

है नाव पड़ी मझधार ओ खेवनहार,
लगाओ पार करो उद्धार!
मैं अज्ञानी अधम उत्पाती हूँ,
तू मूढो को गले लगाती हो ।।

# ॥ माँ ॥

# माँ वर दो

माँ हम अधम अनाथ है,
तुम तो अनाथो की नाथ हो ।
मैं मूढ़ अज्ञानी महा,
वर दो मुझे कुछ ज्ञान दो ।।
अज्ञान के विज्ञान का,
ब्रह्माण्ड में सर्वनाश हो ।
हो सृष्टि विद्या विकास का,
बुद्धि भी उसमें साथ हो ।।
संघर्ष कर जीतट बनु,
होऊ महा विद्वान जो ।
बस देश सेवा लोक हित,
इसमें ही मेरा हाथ हो ।।
ऐसा ही सबको वर दो माँ,
सबका जिससे उद्धार हो ।।

# नेताजी

# चुनाव की लहर

सन चौदह के पहले भाजपा में नेता अनेक थे
जिन्ना को आडवाणी पाक में सेक्युलर बताया
जिन्ना के जीन ने आडवाणी को डुबाया
देश में हिन्दू अच्छे नेता की तलाश थी
राजनाथ जूझ रहे थे, जनता तलाश रही थी
गुजरात के चुनाव में कांग्रेस मोदी के पीछे पड़ी थी
कांग्रेस हर तरह के हथगंडे अपना रही थी
शेर तो शेर होता है, गीदड़ों की औकात कहाँ थी
भारी मतों से जनता ने मोदी को जिताया
तब जाकर भाजपा ने मोदी को नेता बनाया ।

# वाह

# मोदी जी

# वाह मोदी जी

मोदी जी वाह मोदी जी!

छोटे - छोटे लोन दिला कर
कानूनों को सरल बना कर,
लोगो को रोज़गार दिला कर
जीवन स्तर ऊँचा उठाकर ।
उज्वला गैस कनेक्शन दे कर
पढ़े लिखे को स्किल इंडिया देकर,
पढ़े लिखे को लोन दिलाकर
जो कभी नहीं सोचे उसे कराकर ।
तुमने तो देश ही बदल दिया,
बस भ्रष्टों को यही खटक गया ।।

मोदी जी वाह मोदी जी!

तुम तो सैनिकों को भी न छोड़ा
वन रैंक, वन पेंशन से जोड़ा,
दुर्गम सीमा पर रोड बनाया,
अस्त्र शस्त्र भी खूब दिलवाया ।
असम में तुमने जो पूल बनवाया

# वाह
# मोदी जी

अरुणाचल को कितना भाया,
ख़रीदा हीं नहीं बहार से
स्वनिर्माण का रास्ता निकाला।
नए वर्जन का गन तोप दिलायें,
टैंक, मिसाइल और राडार दिलायें ।

मोदी जी वाह मोदी जी!

इजराइल से ड्रोन मँगाये
नयी- नयी तकनीक मँगायी
गिनवाऊँ मैं कितनी भाई ।

मोदी जी वाह मोदी जी!

# नया भारत

# नया भारत

सोनिया जी अपने बलबूते मनमोहन को लाई,
मनमोहन प्यारे ने भी, वफादारी दिखलाई ।
राष्ट्रमंडल खेल, टू जी कोयले की घोटाले आई,
मोदी आकर दबाव हटाकर, करने लगे सफाई ।
शौचालय से शुरु हुए, वे स्वच्छता मिशन बनाएं,
बना आधार, फर्जी कंपनी बंद कराई।
जनधन खाता खुलवा कर भ्रष्टाचार मिटाई,
जिसके हक जितना पैसा, खाते में भेजवाई ।
बिचौलिए दलाल भ्रष्टों की सामत आई,
बच्चे-बच्ची को भी न छोड़ा, उनकी खाता खुलवाई ।
साईकिल एवं अन्य मदों का पैसा खाते में डलवाई,
योजनाओं के पैसे खाने वालों की वाट लगाई।
बना सरकारी योजना, महिलाओं की हिम्मत बढ़ाई,
दिलवाकर बैंक से पैसा, महिलाओं में समृद्धि लाई ।

# ॥ नव वर्ष मंगलमय हो ॥

# नव वर्ष मंगल हो

आओ नव वर्ष को मंगलमय बनाये!
मस्तियों का आलम हो दिल को गुदगुदायें
खुशियां हो ढेर सारी शुभ संदेश लायें
खिले रहे गुलाब सा कांटो को ना चुभायें ।
उदित हो सूर्य की तरह हीरा सा जगमगाए!
गम और चिंता नहीं मधुर गीत गाएं
थिरके सुर ताल पर नाचें गुनगुनाएं
गिले-शिकवे छोड़ सभी प्रेम से बंध जाए ।

# इष्ट देवी

# इष्ट देवी

अतुलित रूप तुम्हारा,
अपने चक्षु से देखा।।
आहलादित हुए बच्चे,
चरणों का किये अभिषेक ।।
करके तेरी चरणों का वंदना,
मैंने पाया जीवन में हर्ष ।।
ऐसी भक्ति करूं मैं तुम्हारी,
पूजूँ तुम्हें हर दिन और वर्ष ।।
इष्ट देवी तुम्हें बनाया,
रख्य हृदय में नाम ।।
करें तेरी वंदना,
बना हमें विद्वान महान ।।

# बातें सब बदल गई हैं

वे दिन नहीं, वे रात नहीं
वे बात नहीं, वे साथ नहीं
वे साज नहीं, आवाज नहीं
वे रंग नहीं, वो संग नहीं
वो जंग नहीं, वो जोश नही
वह प्यार नहीं, इकरार नहीं
बातें सब बदल गई हैं
बस याद रह गयी है!

# प्रकृति

बागों से फूलों तक
भवरों के गुंजन तक,
कलियों के चुंबन तक
पथिक के पहुँचने तक ।
रास्ते की गर्मी में
प्यास के बुझने तक,
मधुमास आएगा
मदहोश कर जाएगा ।
नाचने को, झूमने को
मन पागल हो जाएगा,
आहलादित करेगा मन
तन शीतल कर जाएगा ।

# माँ तुझे सलाम

# माँ को समर्पित

कैसे तेरा प्यार मिलेगा
आँचल का वह दुलार मिलेगा ।
अपने हाथों का साया
हम सब के माथे पर रखना ।
दिल घबराए कभी हमारा
हम सब को ढांढस देना।
मेहनत से हम काम करेंगे,
माँ हम तेरा नाम करेंगे
जन-जन तुझे प्रणाम करेंगे ।

# वीणा वादिनी तेरी जय हो विजय हो

अमर कीर्ति है कण-कण में,
जिसका प्रमाण है भारत में ।।
नारद जी भी तेरे पग सिर रखते,
ब्रह्मा तेरे मनमानी सृष्टि करते,
तू जग की महान जननी हो ।।
वीणा....
जग कि तू सजीव सुधारक हो,
दुनिया के दुख के हारक हो ।।
भारत है असुरों से जाता,
इनका संहार करो माता,
जिससे खुश दिल हिंदुस्तान हो ।।
वीणा........
दीजिये वर हम सदाचारी बनें,
ब्रह्मचारी वीर व्रत धारी बने ।।
हमारी बस एक मांग रहे,
उत्साहित और विद्वान बनें ।।
वीणा........

# मोदी जी

# मोदी जी एक आंधी

मोदी को क्या समझा भाई
मोदी ने क्या नहीं दिलवाई
तेजस फाइटर विमान दिलवाई
रफाल से दुश्मन की नींद उड़ाई
बुलेट प्रूफ जैकेट दिलवाई
आतंकीओं की शामत आई
सैनिक उनकी करें सफाई
हो न सका बड़ा आतंकी हमला
अलगाववादी नेताओं की नींद उड़ाई
सर्जिकल स्ट्राइक करवाई
मारा घर में घुस कर दुश्मनों को
क्या तुमने हिम्मत दिखलाइ
हुआ गर्व देश को मेरे
नए भारत की ट्रेलर दिखलाइ
फिल्म अभी तो बाकी है
मोदी नहीं यह आंधी है
रोक नहीं तुम पाओगे
नेस्तनाबूद हो जाओगे ।

# चिड़ा-चिड़ी

# पिता का मलाल

चिड़ा-चिड़ी प्यार से पाले
प्यारे अपने बच्चों को,
खूब खिलाये, खूब पिलाये
खूब हँसाये बच्चो को ।
चिड़ी की माँ हुई बीमार
चिड़ी जाने को लाचार,
चिड़ी के जाने के बाद
बच्चे हुए बेजोड़ उदास ।
चिड़ा उन्हें खिलाता खूब
किस्से उन्हें सुनाता खूब,
पर जब वे होते मायूस
चट पापा से देते पूछ।
प्यारी माँ कब आएगी
अपने हाथों से कब खिलाएगी,
मन व्याकुल अब लगता है
सुना सुना घर लगता है।
अक्सर रातों को करके ख्याल,
चिड़ा को होता बहुत मलाल!

मा

# माँ से जिद्द

मैं तुझसे नाराज़ हूँ,
फिर भी सम्मुख आज हूँ ।।
फिर भी नहीं मैं बोलूंगा,
कंठ नही मैं खोलूंगा ।।
ना कुछ भी मैं मांगूंगा,
ना ही यहाँ से भागूंगा ।।
देखूंगा माता क्या है,
तुझको भी भाता क्या है ।।
हृदय हीनता कब से आयी,
क्यों नहीं मुझको गले लगाई ।।
झुकना तुझे पड़ेगा माँ,
मुझे अभी उठाने को ।।
वरना मान चला जायेगा,
जो मिला है माओं को ।।

डॉ. छेदीलाल केशरी

# राजनिती

आज राजनिती कितनी सजग है,
हर राजनेता के बातों पर शक है ।।
जब भी कोई राजनेता कुछ बोले,
विरोधी ने उसमें मसाला टटोले ।।
पोखरण में जब परमाणु बम,
सत्ताधारी दल ने फोड़ा ।।
देश में तीव्र प्रक्रिया हुई,
देश ने गर्व से वाह-वाह बोला ।।
पर कुछ नेताओं ने अपना तीर छोड़ा,
कोई देश के लिए अभिशाप बताया ।।
तो किसी ने ग़रीबी पर तमाचा बताया,
नारी उत्थान की बात करने वाले ।।
नारी सम्मान को तवज्जो देने वाले,
महिला बिल के ही खिलाफ है ।।
बिल के पास होने से सख्त नाराज है,
असमय के वर्षा ने रबी फसल खाई ।।
दलहन और तिलहन ने अपनी रंग दिखाई,
आलू प्याज की मत पूछो ।।
व्यापारियों की बन आई,
विरोधियों ने इसे बोला ।।
यह भाजपा ने करवाई,

# राजनिति

वाह रे हमारी राजनिती ।।
वर्षा की मार में भाजपा समाई,

धन्य हे राजनेता कुछ तो शर्म करो ।।

देश की गरिमा पर कुछ तो रहम करो,
बनो तुम भी पर देश को बनाओं ।।
देश पर ना कीचड़ उछालो,

स्वाभिमान को जगाओ ।।
अपने इस देश को महान से महान बनाओ !

# चाँद जी

# चाँद जी

पूनम की रातों में,
तारों की बरातों में,
चाँद इठलाया।
चमक उठा गगन मंडल,
मध्यम हवा बहती चलें,
चमक रहा लहरों तले ।
रात की रानी महके,
फूल सभी झूम उठे,
अलसी अलसाई थी ।
सरसों रंग लाई थी,
चमेली कटीली बनी,
बेला गम गमाई थी।
जूही की मत पूछो,
गुलाब की बन आई थी,
चारों तरफ था सुगंध ।
मस्ती का आलम था,
मदहोश शमा हुई,

# चाँद जी

क्या स्वर्ग उतर आया था?
फूलों की अठखेलियों में,
भंवरे के गुंजन से,
तितलियों के चुंबन से ।
माली बेखबर है,
डाल डाल पात-पात,
मस्ती की लहर है ।
चाँदनी को ढूंढने,
चाँद उतर आया है,
क्या जाने उसे भी ।
यही बाग भाया है,
पुष्प सभी देख कर,
चाँद जी हुए निहाल ।
मिल गई चाँदनी,
दी माला डाल,
अरुण की अरुणाई ।
पूरब को उदित हुआ,
भाग चले चाँद जी,
अब तो सुबह हुआ ।

# हिम्मत

दुख से अगर पल्लू बांधा
दुख सह ही लेंगे हम,
निकलेगी नहीं आह तक
सब सह ही लेंगे हम ।

बीते हुए लम्हों से
मैंने लड़ना सिखा है,
जीवन है अगर ज़हर तो
पीना भी सीखा है।

कठिनाइयों में भी हमने
हिम्मत न हारा है,
हँस के सितम सहे हैं
उसी का सहारा है ।

दुख के है आए दिन तो
जाएंगे वे एक दिन,
होगा प्रभात खुशियों का
जीवन होगा रंगीन ।

# जीवन का सपना

जीवन के सपनों को
इंद्रधनुषी बनायी थी,
सोची थी क्या-क्या
पर क्या-क्या पाई थी ।

बहुत बड़ा उधमी होगा
कार-गाड़ी-बंगला होगा,
नौकर चाकर अनेक होंगे
बहुत बड़ा रुतबा होगा ।

तन मन से सुंदर साथी होगा
हसमुख-प्यारा-न्यारा होगा,
चितवन-चंचल-चकोर होगा
हृदय लुभावन पावन होगा ।

होगा लाखों में एक वही
मानेगा मेरी बात सभी,

# जीवन का सपना

प्यार करेगा
मुझको इतना
सागर में पानी है जितना।

मुझको कभी नहीं रुलाएगा
रूठने पर तुरंत मनाएगा,
उपहार हमेशा लाएगा
सुंदरता पर इठलायेगा।

# कठपुतली

# कठपुतली क्यों तू बने

हंसते ही रहो, मुस्कुराते रहो,
चाहे दुख या गम के साए हो,
अपने भी क्यों न पराए हो ।।

दुनिया जलती है, जलती रहे,
तेरे मौज की गाड़ी चलती रहे,
यह सोच के क्यों पछताय हो ।।

दुनिया की तुम क्यों सोच रहे,
उसकी कठपुतली क्यों तू बने,
तुम तो कुछ करने आए हो ।।

अच्छे को बुरा साबित करना,
अपना उल्लू सीधा करना,
इससे तुम क्यों घबराए हो ।।

चलते ही रहो अपने पथ पर,
रहो अटल स्वयं अभिमानों पर ।।

# कठपुतली क्यों तू बने

पाओगे वह जो तुम चाहे हो,
चाहे दुख या गम के साए हो ।।

अपने भी क्यों न पराए हो!

# माँ

# तुझे तेरा अर्पण

कैसे करूं क्या अर्चन तेरा, मेरे समझ न आता,
तनमन करूं मैं कैसे अर्पित, वह तो तेरा माता ।।
मुझे बताओ माँ लाऊं क्या, तेरा तो सब कुछ है,
रूठो मत माँ इस बालक से, यह तो तेरा ही है ।।
किया अगर है गलती कोई, क्षमा करो माँ उसको,
तूने कैसे क्षमा किया था, उस कुबुद्धि काली को ।।
बाल्मीकि को क्षमा किया था, कैसे माँ बतलाओ,
हमें क्षमा कर दो सुबुद्धि माँ, ज्ञान का पाठ पढ़ाओ ।।
तन में शक्ति, देश में भक्ति होऊँ मैं जनसेवी,
तेरा ही है तुझको अर्पण जय-जय भारती देवी ।।

# माँ

# माँ से प्रार्थना

माँ हौं बड़ दुखिया,
तुम दुखियन कि माय ।

पतित हौं सब दुखीयन में,
कैसे तो को पाए ।

माँ.....
करूं मैं क्या विधि पूजन,
अर्पण करूं मैं काय ।

हम तो हैं बुद्धू,
निपट गंवार कहाय ।

माँ.....
ना समझू को पथ है मेरा,
किधर को अब हम जाएं ।

दो प्रकाश कुशाग्र बुद्धि दो,
जिसमें राह बुझाए ।

# माँ से प्रार्थना

माँ.....

पार करू में वर्तमान को,

भविष्य सुखद हो जाए!

माँ.....!

# प्यासी जिन्दगी

मैं तो अपना जीवन वारी,
क्या पूरी हुई स्वप्न प्यारी?
सुन्दर भी है, श्यामल भी है,
प्यारी भी है न्यारी भी है ।।

नाराज अधिक वह होता है,
भावुकता में सब खोता है।
रंगीनियां खत्म हो जाती है,
निशा सिमट रह जाती है ।।

सपने दृग बिंदु की शक्लों में,
टप-टप झड़ने लग जाते है ।
यह देख तड़प वह उठता है,
उसके दृग भी भर आते है ।।

डांटता मुझे, 'चुप रहो अभी'
देता उलाहना पूर्व सभी ।
अपनी कसम दिलाता है,
थपकी दे मुझे सुलाता है ।।

# प्यासी जिन्दगी

द्वंद कहूं या प्यार इसे,
या आकांक्षाओं का विकार इसे ।
शक करती हूं अपने पर मैं,
लायक क्या नहीं प्यार की मैं?

क्यों नहीं बनती उनके अनुरूप,
क्या उनको मुझसे हुई ऊब?
सुंदरता क्या मेरी कम है,
मेरा क्या उनको नहीं गम है ।।

# जीवन की ख्वाहिश

चाहती तो हूँ उनकी बनना
लोगों के बीच में है रहना,
सब को देख कर चलती हूँ
उनके दिल से तो निकलती हूँ ।।

अपना सपना अपने से चूर कर
फूक झोपड़ा देख दूर,
पछताती हूँ दुख पाती हूँ
अपने को क्यों मैं सॅताती हूँ ।।

वह माफ़ हमें तो कर देंगे
हम प्यार से दिल को भर देंगे,
फिर काली घटा छट जाएगी
फिर याद उन्हें तो आएगी ।।

सपनों से ज्यादा पाऊंगी
अपने पर मैं इठलाउंगी,
गाउंगी प्यार की रागिनी मैं
संगीत अमर हो जाएगी ।।

# हे माँ

# हृदय की वेदना

हे जग जननी, कष्ट निवारिणी,
हे जग द्रष्टा, ब्रह्मांड स्रष्टा ।।
हे जग जीवन, तन-मन अर्पण,
तप्त हृदय में, त्रस्त हृदय में ।।
अपमानित मैं, अवसादित मैं,
व्यंग बाण सुन न सह पाऊ मैं ।।
अब तो शरणागत कर लो माँ,
हिम्मत साहस से भर दो माँ ।।
हर अपमान करो कल्याण माँ!

# माँ

मेरे क्रीड़ा करने पर तुम कितना खुश रहती थी
मेरे रोने पर तो माँ तुम कितना व्याकुल रहती थी
भरसक उपाय कर कैसे हमको तुम खुश रखती थी
अरे लाल-राजा-बेटा जाने तू क्या-क्या कहती थी
मेरे जिद और शरारतों पर भी मुझे नहीं तुम डाँटती थी
उल्टे प्रेम की वर्षा की वक्षस्थल से साटी थी
खाना-पीना-सोना सब में मैंने हस्तक्षेप किया
तू उस पर भी माँ, हमें विहँस निश्छल स्नेह दिया
ऋणी हूँ स्नेहिल आँखो का बातों का तेरे हाथों का
जो रक्षा कवच दिया उन अंको का
हिम्मत दो कष्ट निवारो माँ
सत-सत प्रणाम स्वीकारो माँ।

# माँ है भाग्य विधाता

मातु मैं मांग रहा वरदान!

दुनिया है तेरे ही बल पर,
भव का पत तेरे ही ऊपर ।।

तू चाहे अभी डूबा दोगी
तू चाहे अभी बचा लोगी
यह पृथ्वी नाच रही है तेरे ही मन मान!

मातु मैं मांग रहा वरदान!

तू भिन्न विभिन्न अवतार लिए,
देवों असुरों को बस में किए ।।

तू हो विनाशिनी माता
दुनिया की भाग्य विधाता
यह नील गगन तेरा ही खड़ा वितान!

# माँ

मातु मैं मांग रहा वरदान!
निज चरणों में विमल भक्ति दो
विद्या स्मरण का माँ तू शक्ति दो
तुम मत बनो अजान बना दो हमें सुजान!
मातु मैं मांग रहा वरदान!

# भक्ति दो माँ

वर दो! वर दो! वर दो!
दो सुबुद्धि, विद्वान बनाओ,
निर्मल मन कर दो ।।
भर दो दिल को प्यार से मेरे,
आनंदित कर दो ।।
ध्येय सफल हो, पूर्ण स्वप्न हो,
साहस माँ भर दो ।।
राह दिखाओ, चरण भक्ति दो,
कृत-कृत माँ कर दो ।।

# मेरा भारत महान

# आने वाला कल

आने वाले कल में भारत महान होगा,
न होगी गरीबी, न अशिक्षा होगा,
न होगी भुखमरी, न हिंसा होगा,
न होगा किसी अबला का चीरहरण,
न होगा किसी दुखी नारी का जारण,
न होगा किसी बच्चे का अपहरण,
शासक करेंगे सभी का भरण-पोषण ।।

मत पूछो, लोगो में कितना प्रेम होगा,
मजहब गौड़ होगी, प्यार खूब पनपेगा,
मजहब को समझेंगे, झगड़ो से कतरेंगे,
प्यार में पागल नहीं होंगे दिल जब धड़केगा,
जवान दिल संयम बरतेंगे, होंगे पैरो पर खड़ा,
तब कहीं जा कर शीरी फरहाद बनेंगे,
लैला-मजनुओं की कमी नहीं होगी ।।

पर चीथड़ों में रह कर पत्थर नहीं खाएंगे,
कुछ करने के जुनून में कलाम बन जायेंगे,
अबला न समझ इन लैलाओं को,

# आने वाला कल

झांसी की रानी और मदर टेरेसा बन जाएंगी,
प्रेम खूब पनपेगा एक दुसरो को समझ,
कुछ कर गुजरने को दिल धड़केगा,
बागों में फूल भी खूब सुहाने लगेंगे ।।

भवरे के गुंजन वो कोयल गीत गायेगी,
रात की रानी भी मदहोश कर जायेगी,
कल का सूरज जो निकलेगा,
'वाह रे भारत महान, बोलेगा!

# एक दूजे के हम

खुदा ने तुझे क्या चीज बनाई है,
शोखी और अदा तेरे नस-नस में समाई है ।।
क्या मदहोश रूप और यौवन पाई है,
चाँद से चमक, गुलाब से लाली चुराई है ।।
इठलाओ मत सनम, हम भी कम नहीं है,
लाखों में सुन्दर तेरा भी सनम है ।।
मुझको कभी हरा दे ये किसमें दम है,
दिल से दिल मिले एक दूजे के हम है ।।

# रंग बिरंगे पुष्प

था उठा उमंग कभी मन में
बागों की सैर कभी करता,
करता उनका आस्वादन मैं
पाता सुख शांति हृदयगत में।

पर दूर दृष्टि से पाया जो कुछ
मच उठा हृदय में कोलाहल,
क्या ऐसा हो सकता है?
रस जो बना हुआ है अमृत फल।

सुनता था वन-उपवन में
खिलते हैं रंग बिरंगे पुष्प,
कलियां मधुमाती होती हैं
यौवन होता है उनका अनूप।

पर पाया उस उपवन में मैं
काँटों से भरे उन फूलों को,
जो बेधे हर पल भवरों को
औरों को क्या खुद अपनों को।

www.ingramcontent.com/pod-product-compliance
Ingram Content Group UK Ltd.
Pitfield, Milton Keynes, MK11 3LW, UK
UKHW021311160826
14477UKWH00023B/371

9 788194 135104